C'EST
LA FAUTE A CHAMALIÈRES

—

BOUTADE *Cogniot,*

—

Vituperat ludendo.
Accueillons bien la Satire
Mêlant au Blâme le Rire.

CLERMONT-FERRAND

DUCROS-PARIS, IMPRIMEUR, LIBRAIRE ET LITHOGRAPHE
Rue Saint-Genès, 5

—

1872

AVERTISSEMENT

—

Les critiques contenues dans cette Boutade, sur certaines rues et certains monuments de Clermont-Ferrand, ne peuvent toucher la nouvelle Municipalité de cette ville.

Chacun sait que, composée d'hommes sérieux, elle met tous ses efforts à faire sortir la cité des ornières dans lesquelles elle est arrêtée depuis si longtemps.

J.-C.

3me ÉDITION.

Cinquante-cinq Strophes.

C'EST LA FAUTE A CHAMALIÈRES

BOUTADE EN DEUX PARTIES.

1.

Si, dans mai le joli mois,
Le puy de Dôme aux abois
Prend de neige une ceinture
Pour narguer dame Nature;
S'il mêle aux fleurs des glaçons,
Si, torturant les saisons,
Il les rend peu régulières,
C'est la faute à Chamalières.

2.

Parcourez-vous les grands monts
Où s'ébattent les moutons ?
De chiens une bonne escorte
Vite autour de vous se porte,
Aboyant à vos talons,
Déchirant vos pantalons ;
S'ils n'ont pas leurs muselières,
C'est la faute à Chamalières.

3.

Lorsque Jean a chopiné,
Qu'il est, le soir, aviné ;
Si, rentré dans sa cambuse,
Il traite Suzon de buse,
Pour s'entretenir la main
S'il vous lui chante un refrain
Qui finit par étrivières,
C'est la faute à Chamalières.

4.

A seize ans, si le garçon,
Délaissant maître et leçon.
Se moquant bien de l'école,
Jure, boit, fume et *rigole* ;
S'il a, comme les Visirs,
Sous la main, pour ses plaisirs,
Quelques biches familières,
C'est la faute à Chamalières.

5.

Voyez-vous cet écolier,
Cet apprenti cavalier
Qui surmène sa monture
Sans principe et sans mesure :
Si l'animal tout en eau
Jette à bas cet étourneau,
Lui cassant trois mâchelières ;
C'est la faute à Chamalières.

6.

Voyez aussi ces cochers
Guidant d'aveugles coursie₁ s.
Si, par un beau jour de fête,
Le bleu montant à la tête,
Ne voyant plus leur chemin,
Ils vont droit dans un ravin
Et même dans des rivières ;
C'est la faute à Chamalières.

7.

Ce bourg aura toujours tort,
Par lui même, il n'est pas fort ;
Aussi, sur maint équipage
Qui traverse le village,
Qu'un essieu vienne à casser,
Qu'un fiacre vienne à verser,
Près de Saulce (1) ou des barrières (2),
C'est la faute à Chamalières.

(1) Belle propriété entre Chamalières et Royat.
(2) Les barrières de Clermont.

8.

Fontanat, dans nos vergers
Qu'admirent les étrangers,
Verse, de mainte fontaine,
Un ruisseau nommé Tirtaine :
S'il n'est qu'un faible cours d'eau,
N'offrant aux yeux ni bateau,
Ni rieuses batelières ;
C'est la faute à Chamalières,

9.

Si Royat, aux belles eaux,
N'a ni scène ni tréteaux
Où des nymphes court-vêtues,
Posant comme des statues,
Pirouettant sur l'orteil,
Livrent aux yeux en éveil
Le quartier des jarretières ;
C'est la faute à Chamalières.

10.

S'il n'a pas, comme Baden,
Un remède pour le spleen,
Consistant en avenues
Où des femmes demi-nues,
Sur de splendides Dogkards,
Montrent aux riches Boyards
Leurs plantureuses crinières ;
C'est la faute à Chamalières.

11.

S'il n'a pas ce tapis vert
D'or et de doublons couvert,
Où, de nos jours, la Morale
Donnant la main au Scandale,
Pousse votre fils majeur
A perdre fortune, honneur
Avec des aventurières ;
C'est la faute à Chamalières.

12.

Sur Jaude (1) lorsque le Soir
A jeté son manteau noir ;
Si, vous promenant tranquille
Sous l'œil des sergents de ville,
Vous vous trouvez attaqué,
Et bien galamment traqué
Par de jeunes écolières,
C'est la faute à Chamalières.

13.

De Clermont si la cité
Pèche par la propreté :
En guise de balayage
Appuyé d'un arrosage,
Si l'on voit des malheureux
De leurs balais dans vos yeux
Jetant de sales poussières ;
C'est la faute à Chamalières.

(1) Principale place de Clermont-Ferrand.

14.

Du théâtre, ah quels abords !
Si de ses pâles décors
Le guichet est la préface,
Que dire du mur d'en face ?
Si vos femmes en passant
Frôlent l'homme y délaissant
Ses effluves journalières ;
C'est la faute à Chamalières.

15.

Dé Savaron le quartier,
N'est que ruelle ou sentier :
Qu'un char à vaches l'obstrue ?
C'en est fait : adieu la rue.
Si, passant sur le trottoir,
Un coup d'ignoble émouchoir
Vient maculer vos paupières ;
C'est la faute à Chamalières.

16.

Quand on passe sur le tard
Dans le frais quartier Borgard,
On hésite, on éternue ;
Qu'a-t-elle donc cette rue ?
Si le parfum qu'elle rend
N'est pas, chacun me comprend,
Celui des roses tremières,
C'est la faute à Chamalières.

17.

Et ce gracieux monument (1),
Du cours Sablon l'ornement,
Offert par Jacques d'Amboise
A sa cité Clermontoise !
Si, privé de fraîches eaux,
Il peut, comme les côteaux,
Abriter des fourmilières ;
C'est la faute à Chamalières.

(1) La plus belle fontaine de Clermont qui se trouve
privée d'eau pendant 6 mois de l'année.

18.

De par la mode qui court,
Proscrivant le jupon court,
Couvrant de nœuds les corsages,
Les filles sont toutes sages ;
Si, par l'effet d'une erreur
Qui peut causer mal au cœur,
Toutes ne sont pas Rosières .
C'est la faute à Chamalières.

19.

Voyez ce coquet chapeau
Qui, portant plume d'oiseau,
Sur le devant de la tête
Crânement posé, s'arrête :
Aux dames si son plumet
Donne le leste cachet
Des allures cavalières,
C'est la faute à Chamalières.

20.

Et ce voile aux tissus clairs,
Des yeux masquant les éclairs ;
S'il permet à mainte prude,
Dont la vertu paraît rude,
De diriger sans péché,
Vers l'objet d'un feu caché,
Des œillades meurtrières ;
C'est la faute à Chamalières.

21.

Laissant l'opulent chignon,
Je descends au pied mignon ;
Si, d'une fraîche bottine
Chaussant uue jambe fine,
Le talon étroit en bas
Cause, parfois, des faux-pas,
Et des chûtes singulières,
C'est la faute à Chamalières.

22.

Près de papa de maman,
Bébé qui dépasse un an,
Sur sa chaise assis à table,
S'agite en vrai petit diable ;
De son bras rond, potelé,
S'il a vite bousculé
Les verres et les salières ;
C'est la faute à Chamalières.

23.

Notre Conseil général,
Dans un bel enclos rural,
Fait, pour Royat, une voie
Qui dans Montjoli (1) se noie ;
Admirez le résultat !.....
Si, de ce point à Royat,
On suit les vieilles ornières ;
C'est la faute à Chamalières.

(1) Belle propriété touchant Chamalières.

24.

Loin des maisons, isolé,
Tout l'hiver, nu, désolé,
Ce chemin, la nuit sans doute
Des rôdeurs sera la route :
Qu'un beau soir monsieur *un tel*,
Y reçoive un coup mortel !
C'est, diront les lavandières,
C'est la faute à Chamalières.

25.

Le plus noble des métiers
Est celui qu'ont les Troupiers,
Mais des Chefs une ordonnance
Peut modifier leur prestance.
Si l'on change leurs galons,
Leurs guêtres, leurs pantalons,
Leurs képis, leurs bandoulières,
C'est la faute à Chamalières.

26.

On dit que la Croix d'honneur,
Cette prime à la Valeur,
Par des indignes briguée,
Fut peut-être prodiguée;
Pourquoi donc s'en étonner?
Si nous la voyons orner
D'innombrables boutonnières,
C'est la faute à Chamalières.

27.

De son ruban le reflet
Commande au loin le respect :
Tout Roi par grâce Divine
Veut en orner sa poitrine;
Si donc en France l'on dit
Qu'il dénote un vrai bandit
Bon à pendre aux crémaillères,
C'est la faute à Chamalières.

28.

Voyez-vous ces financiers,
Qui, trompant leurs créanciers,
Prennent nuitamment leur course,
Nantis d'une grosse bourse !
Pour abriter ces forbans,
S'il est des gens complaisants,
Des cités hospitalières ;
C'est la faute à Chamalières.

29.

Et ces traîtres, ces voleurs,
Enrichis par nos malheurs,
Se pavanant dans l'aisance,
Avec l'or pris à la France...
Ces oiseaux bien emplumés
S'ils ne sont pas renfermés
Dans de solides volières;
C'est la faute à Chamalières.

J. C.

15 mai 1872.

2me PARTIE.

—

Reine du monde, ô France, ô ma patrie;
Soulève enfin ton front cicatrisé,
Sans qu'à tes yeux leur gloire en soit flétrie,
De tes enfants l'étendard s'est brisé.

BÉRANGER.

(Quæque ipse miserrima vidi.)

1.

Je passe à nos députés :
Si, de Paris dégoûtés,
Ils sont certains que la France
Plus que jamais dans l'enfance,
A besoin dans leur giron,
De têter au biberon,
D'avoir toquet et lisières,
C'est la faute à Chamalières.

2.

Mais, pour parler librement,
Je dirai mon sentiment :
Si, selon les apparences,
Ils ont diverses tendances ;
S'ils se montrent par instants
Tapageurs, se disputant
Comme feraient des fruitières,
C'est la faute à Chamalières.

3.

Belcastel et Lorgeril
Ont tenu Thiers sur le gril.
Pendant que d'autres vers Bruges (1)
Filaient comme des transfuges ;
S'ils ont, au comte Chambord,
Dit que pour nous voir d'accord,
Il faut baillons et lanières,
C'est la faute à Chamalières.

(1) Résidence du comte de Chambord.

4.

De plus d'un département,
Le vote tout récemment, (1)
A rendu les Monarchistes
Songeurs, me dit-on, et tristes,
Si, du roi tous ces soldats,
Maudissent les résultats
Des élections dernières,
C'est la faute à Chamalières.

5.

Il paraît que ce sujet,
D'un grand conflit fut l'objet,
Dans une démarche adroite,
De neuf membres de la droite,
Le vingt de juin écoulé ;
Du grief articulé,
Si Thiers ne fit que litières,
C'est la faute à Chamalières.

(1) Les élections du 9 juin, (Nord, Somme, Yonne).

6.

Au bruit, chacun bonnement,
Dit : voilà l'accouchement ;
Cette montagne s'allège ;
Un malin mit quelque piége
Pour avoir le souriceau ;
S'il resta le bec dans l'eau,
Celui qui mit les ratières,
C'est la faute à Chamalières.

7.

Le cinq juillet, c'est bien pis,
On nous met sur le tapis
Un complot dans l'Assemblée
Pour renverser Thiers d'emblée ;
Si quelqu'un a pu chercher
A traîtreusement pêcher,
Dans la vase aux grenouillères,
C'est la faute à Chamalières.

8.

Mais, laissons les députés,
Nos destins sont supputés :
Au moment voulu, la France
Trouvera sa délivrance.
Si l'on vient lui proposer
En ce moment, d'épouser
Des Causes particulières,
C'est la faute à Chamalières.

9.

Pour gorger d'or nos bourreaux,
Il faut des impôts nouveaux.
Le Chef de la République,
A les rechercher s'applique ;
S'il pense qu'on doit d'abord
Frapper d'un commun accord,
Sur les matières premières ;
C'est la faute à Chamalières.

10.

Il vient aussi de livrer
L'emprunt pour nous libérer.
C'est trois milliards, qu'à la France,
Doit avancer la finance;
S'ils riront les Trésoriers,
En voyant ces gros deniers,
Dans leurs avides filières,
C'est la faute à Chamalières.

11.

Quelle somme, trois milliards!...
Ce sont ces maudits braillards,
Flatteurs d'un maître en goguette,
Qui nous ont fait cette dette;
Si l'Empire ils nous vantaient,
Si, tous, nous assourdissaient
De loquacités guerrières,
C'est la faute à Chamalières.

12.

Ce Secrétaire d'Etat,
Plût à Dieu qu'on en doutât !
Qui nos désastres fit naître
Afin de plaire à son maître ;
S'il eut le *cœur bien léger*,
Quand il osa nous plonger
Dans ces tristes fondrières,
C'est la faute à Chamalières.

13.

Quand il nous vit en danger,
Il fila vers l'étranger ;
Si dans cette atroce guerre,
Bismarck nous tint dans sa serre ;
Si l'Empereur-Commandant,
Au lieu de dire : En avant !
Préféra des genouillères,
C'est la faute à Chamalières.

14.

Dans ces jours de grands combats
Où l'obus prit ses ébats,
Où des canons le tonnerre,
Au loin ébranla la terre ;
Si nous fûmes les moins forts ;
Si l'on ramassa nos morts,
Partout à pleines civières,
C'est la faute à Chamalières.

15.

Sous le nombre avec valeur,
Ils sont morts au champ d'honneur.
Si, dans la pauvre Lorraine,
Fleuves, montagnes et plaine
Ont été, pour nos enfants
Qu'égorgeaient les Allemands,
De bien tristes cimetières,
C'est la faute à Chamalières.

16.

N'oublions pas, mes amis,
Ce qu'ont fait ces ennemis ;
Pleins de fureur, d'arrogance,
S'ils ont ravagé la France,
Fusillé nos francs-tireurs,
Ces jeunes, et nobles cœurs,
S'ils ont brûlé les chaumières,
C'est la faute à Chamalières.

17.

Comme de lâches bandits,
Si ces Allemands maudits
Ont porté dans maint village,
Le fer, le feu, le carnage ;
Si nos femmes, nos vieillards
Ont reçu de ces pillards,
Bien des insultes grossières,
C'est la faute à Chamalières.

18.

Garibaldi, dans ces jours,
Vint nous prêter son concours
Et sous Autun sa victoire
Sauva Lyon et la Loire (1).
Si, dans Dijon acclamé,
Mais à Bordeaux diffamé,
Il repassa nos frontières,
C'est la faute à Chamalières.

19.

Parlerai-je de Sedan ?...
Si de France, le Soudan
Y conduisit notre armée,
Pour qu'elle y fut désarmée,
S'il y livra, sans broncher
Aux successeurs de *Blücher*,
Soldats, canons et bannières.
C'est la faute à Chamalières.

(1) Si les Prussiens eussent pris Autun, ils étaient
24 heures après sur la Loire près de Bourbon-Lancy, et
pouvaient en moins de 8 jours camper à Clermont.

20.

Sur Metz la noble cité,
Saura-t-on la vérité ?...
Si ses vaillantes cohortes,
A peine ont franchi ses portes ;
Sans un suprême conflit
Si, sous Bazaine, elle vit
Nos phalanges prisonnières,
C'est la faute à Chamalières.

21.

Sur nos troupes d'Orléans,
Que puis-je dire céans ?
Si, de Coulmiers la victoire
Dont l'effet fut illusoire,
Les laissa le sac au dos
Vingt et un jour en repos,
Dans la neige et les bruyères,
C'est la faute à Chamalières.

22.

La ville de Jeanne d'Arc,
Revit alors de Bismarck
Les légions détestées ;
Si nos troupes débandées,
Laissant alors leurs drapeaux,
Fuirent par monts et par vaux,
Malgré Chanzy, Des Paillères ;
C'est la faute à Chamalières.

23.

Et vers Belfort, nos malheurs
Ont-ils fait verser des pleurs !
Si nos soldats sur la neige,
Sans abri qui les protège,
Entourés d'épais frimas
Sous ces sauvages climats,
Succombaient dans les glacières ;
C'est la faute à Chamalières.

24.

Que dirai-je de Paris ?...
Honte à certains s'il fut pris !
O Reine des capitales,
Si tu subis des Vandales
Le contact ignominieux,
Malgré tes guerriers nombreux,
Tes forts, murs et canonnières ;
C'est la faute à Chamalières.

25.

Il faut bien le dire, enfin,
Triste fut notre destin.
Si des Prussiens l'avalanche
Des bords du Rhin à la Manche,
Se rua sur nos cités,
S'étendant de tous côtés
Depuis Tours jusqu'à Mezières,
C'est la faute à Chamalières.

26.

Mais, pourquoi récriminer,
Nous devons nous incliner ;
Pour mettre un terme à nos peines,
Donnons notre or à mains pleines.
Gardons nos fers, nos aciers,
Renvoyons ces loups-cerviers
Au plus tôt dans leurs tanières,
C'est le vœu de Chamalières.

Chamalières, 20 juillet 1872.

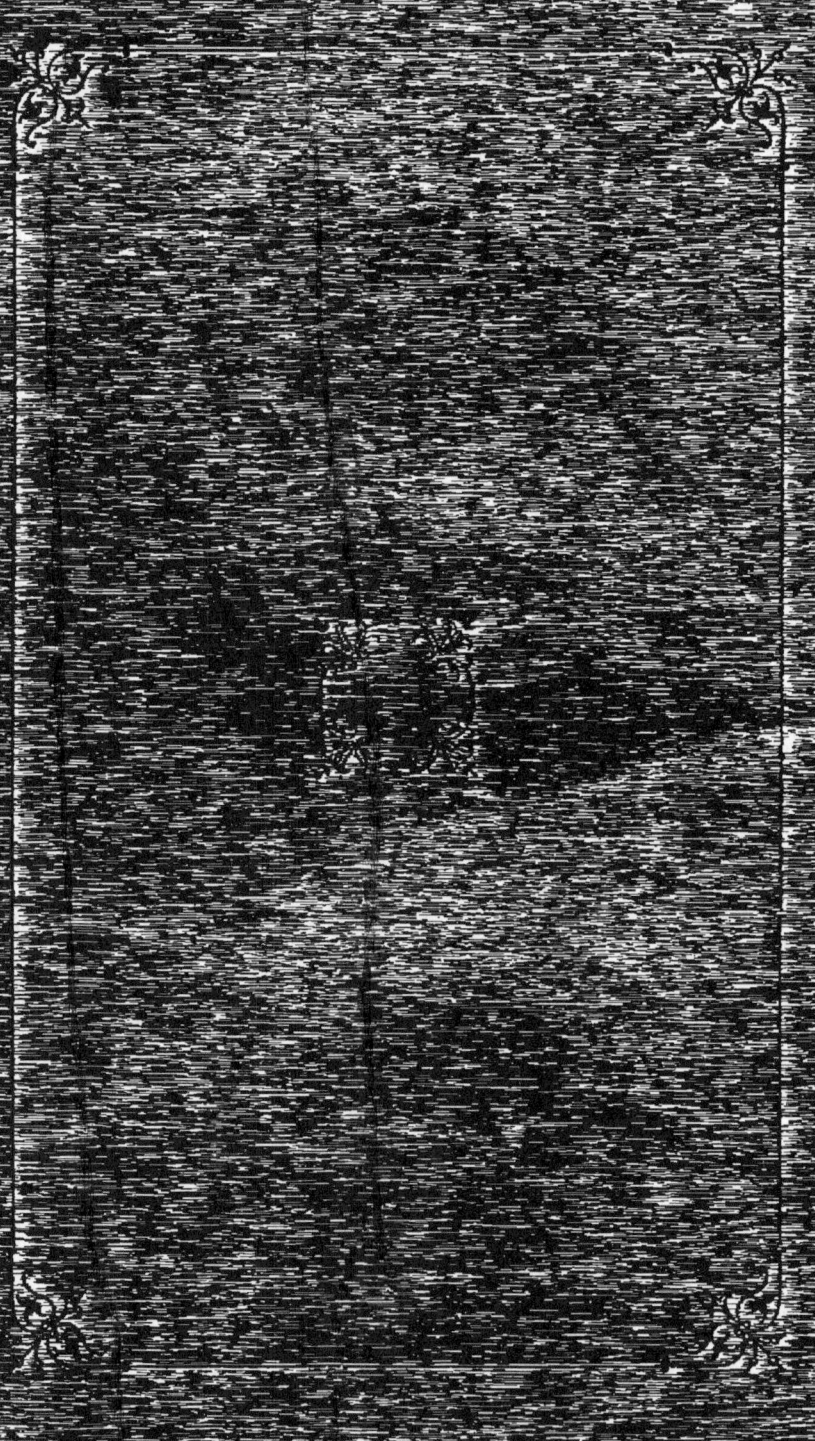

www.ingramcontent.com/pod-product-compliance
Lightning Source LLC
Chambersburg PA
CBHW060849180626
46818CB00004B/1634